LA TRAICIÓN DE MI LENGUA

colección andanzas

CAMILA SOSA VILLADA

LA TRAICIÓN DE MI LENGUA

TUSQUETS
EDITORES

Obra editada en colaboración con Editorial Planeta – Argentina

Bajo el sello editorial TUSQUETS M.R.
Avenida Presidente Masaryk núm. 111,
Piso 2, Polanco V Sección, Miguel Hidalgo
C.P. 11560, Ciudad de México
www.planetadelibros.com.mx

Primera edición impresa en Argentina: abril de 2025
ISBN: 978-987-670-836-4

Primera edición impresa en México: julio de 2025
Primera reimpresión en México: octubre de 2025
ISBN: 978-607-39-3150-2

Impreso en los talleres de Litográfica Ingramex, S.A. de C.V.
Centeno núm. 162, colonia Granjas Esmeralda, Ciudad de México
Impreso en México – *Printed in Mexico*

Mi deseo no es original, es ordinario, no sorprende a nadie. Pero es mi deseo. Que mi escritura continúe en la elipsis. Mezquinar las palabras. ¿A qué maestro se le pide una enseñanza como esa? Hacer de esos saltos en el vacío momentos de escritura tácita, algo que continúa sonando incluso sin instrumentos. Poder pintar escenas ausentes, sabiendo que en la vida no existen las elipsis. Existen momentos de aburrimiento. Existen momentos de una sexualidad voraz y de una euforia que miente con ser eterna. Y no es posible hacer este salto, desprenderse de lo que no somos capaces de escribir. Pero hay un arte, algo que me propongo aprender, y es el arte de escribir lo que no se dice. Un mensaje secreto.

Por lo pronto, a mis cuarenta años y por primera vez en mi vida, con cuatro libros publicados, tomo clases de gramática. Quiero saber qué es lo que tengo entre manos. Quiero nombrar los recursos con que completo estas páginas. Necesito descansar de la intuición gramatical. De la idea de que las oraciones se resuelven bajo un criterio puramente estético.

¿Por qué hablarle al lector, por qué apelar a su atención? ¿Por qué esta segunda persona? Es la forma de atraerlos a mi mal, desviarlos del camino, ofrecer una manzana envenenada, una casita hecha de caramelo. Pero existe otra respuesta: escribo a los afectos con quienes no ocurre la comunicación, aunque sí ocurre la literatura. Los padres, los clientes, los amigos que están lejos, las tías que comienzan a morir.

Mis lectores también son mis criaturas. Mi infestación. "Mi nombre es Legión porque somos muchos".

Es una niña que apenas se materializa, una niña invisible, que en contadas ocasiones pasa del estado gaseoso al sólido. Habita en soledad, su voz no es oída por nadie. ¿Quiénes la escuchan? Sus mascotas, con una ternura que devasta. La escuchan los pájaros pardos que vienen a la higuera.

La hoja en blanco custodia las palabras que la niña escribe sin inocencia.

La escritura no es sorda. Recibe el estímulo de las palabras que la niña deja como alaridos en el silencio de su invisibilidad.

Sus padres sí la escuchan cuando enferma. Cuando tose, por ejemplo, cuando delira de fiebre, a veces cuando llora porque la olvidan.

En ese silencio de la imagen y la voz, la niña es un radar, registra lo que sucede a su alrededor. Sus padres llevan adelante un matrimonio sin conveniencias para ninguno. Han perdido todos los sentidos, no huelen los perfumes, no miran los atardeceres, no escuchan música. Solo sienten a través de la piel y de la boca. Se comen el uno al otro, se devoran, se mastican, tragan hasta los huesos. Es una pasión que les ha quitado todo, menos la sexualidad que los esclaviza. Un matrimonio en el que se vieron comprometidos, o enjaulados, con cerrojos, cancelas, cadenas que hicieron imposible una huida.

"Gatos grandes no comparten jaula".

Las palabras son elementos de tortura. El veneno de las palabras de su madre, la fuerza de descarga de las palabras de su padre.

A veces, la misma ternura de sus mascotas es usada por sus padres para hablarse entre sí. Como si mudaran de corazón.

Y al caer la helada, en las regiones donde muere el sol, cuando ya es de noche, la niña escucha algo más.

Un temblor, de paredes, de cuadros baratos que bailan en sus clavos, de una cama crujiendo, quejándose por el esfuerzo de sostener los cuerpos de dos amantes que encuentran una forma de compasión.

Gemidos, jadeos, palabras que no son dichas jamás de día, jamás en presencia de otros.

Besos que succionan la piel, cachetazos, mordidas.

La niña es llamada por esas voces y ese terremoto que ocurre en toda la casa.

Camina en puntas de pie desde su habitación hasta la habitación de los padres y se revela el origen de la perturbación, la mordida de sus padres en su vientre. Sabe que no pertenece a la escena, que no puede participar de ese fin de mundo, que la escena es para que ella la habite después en su imaginación.

La niña no tiene más de ocho años, tal vez siete. Agradece su invisibilidad. A veces, corre un poco la cortina que separa el cuarto de sus padres del resto de la casa y los ve, desnudos, jadeando, el enredo de brazos, piernas, lenguas. Siempre su padre desnudo entre las piernas abiertas de su madre, como si la existencia de todas las cosas se hubiera retirado y ellos floraran en la nada de su deseo.

La invade un terror de muerte.

"El miedo y el deseo provienen de la misma raíz", dirá Quignard muchos años después en *El sexo y el espanto*. Antes fue la escucha obscena, la exposición a la escena que finalmente encontrará en la escritura su voz definitiva, la voz del erotismo.

Regresa a su cama en puntas de pie y comienza a restregarse contra los bordes del colchón, o contra su almohada.

En una de esas noches, la niña tiene un orgasmo por primera vez. No supera los diez años. Sin embargo, es nítida la navaja que la abre desde el sexo hasta la garganta. Al mismo tiempo que sus padres hacen el amor y lo gritan para que la casa escuche, ella se desmorona en ese abismo que intentará recuperar una y otra vez hasta envejecer y convertirse en una mujer indeseable.

La noche de su primer orgasmo, la niña siente que va a morir.

Voy a morir, se dice. Y a pesar de la mano huesuda que le aprieta los tobillos e intenta arrastrarla al infierno por eso tan prohibido y a la vez imposible de evitar, no muere. Su cuerpo entero (y su alma) laten como si la niña fuera el corazón del animal del erotismo.

La pequeña crece sabiendo que en esa casa nunca fueron dos los que hacían el amor. Sin ella, el sexo de sus padres se hubiera extinguido.

Años después, cada vez que escuche o vea a una pareja hacer el amor, la niña que se convertirá en una loba moribunda sentirá su corazón detenerse y querrá participar otra vez del triángulo que la abandonó en la adolescencia, cuando sus padres comenzaron a odiarla. Fue expulsada del huracán de pieles, genitales y fluidos, y tuvo que arreglárselas sola para nutrir su deseo.

Los colmillos hundidos del orgasmo la obligan a escribir.

La niña entiende que la fuerza de la pasión de sus padres devuelve la paz a la casa. Desde entonces, el sexo quedará encadenado a la reconciliación, a la traición y al amor mismo.

Nunca están solos los cuerpos cuando cogen. Hay testigos. Cada participante trae consigo a alguien que escucha y asocia al sexo sustantivos que no tienen peso propio en el orden de la escritura.

La niña envejecida nunca tendrá paz, nunca tendrá amor ni logrará reconciliarse con el azar de su destino. Solo cultivará una sífilis y consecutivos fracasos amorosos que no serán suficiente alimento para existir.

La niña es un sapo. Mordió el vientre de su madre para nacer. Fue su primera emancipación. La segunda fue disfrazarse de humana. Un ser anfibio al que le nacieron branquias para sobrevivir en el agua turbia del deseo de sus padres.

En épocas de extrema pobreza tuvieron que dormir los tres en una misma cama. Los padres a veces la rozaban mientras hacían el amor. La niña se despertaba con los jadeos que entibiaban las mismas sábanas bajo las quc ella dormía. Unas piernas, un cuerpo que giraba, las nalgas mojadas, el olor inolvidable de los sexos frotándose, emanando humedades.

El deseo de sus padres era urgente, maleducado, no estaba intervenido por la moral ni por los estatutos del cuidado que implica una familia. Era más poderoso que el oxígeno que mantenía con vida a su hija.

La niña aprendió a sobrevivir bajo ese fluido. Aprendió que el deseo y el amor pueden ser lo mismo. Y aprendió a abandonar esa imagen, dejarla ir, cortar el hilo que orienta un cuadro tan poderoso. También aprendió a abandonar el deseo. La idea del amor, el terror a la soledad y a una muerte aislada.

Aprendió que para emerger de ese pantano era necesario purificar el líquido con el olvido. Algunos lo llaman perdón.

Mi mamá hizo una sangría en mi memoria. Decía: "Somos negros, vinimos a sufrir". El valle de lágrimas, la agonía y el fermento que gritaba Lorca en Oda a Walt Whitman. Con la sangre que brotó de esa herida, mi mamá hizo su propio gualicho, custodió algo que estaba en sus manos desde que era niña.

Una buena esclava lustra sus cadenas.

Se ponía bajo el sol turbio del oeste con sus óleos y sus astillas de vidrio a pulir los eslabones que la ataron (y aún no la sueltan) a la creencia del sufrimiento como destino. Cuántas como ella se inclinan ante ese dios, en un gesto que es reverencia y azote. Cuántas dijeron: "No somos nada". Cuántas callaron el veneno y la sed para no hacer ruido.

Se rindieron ante su destino.

Epicuro afirma que la felicidad es posible. La felicidad es una promesa, una amonestación, una amenaza. La felicidad es la prisión de la esperanza. Hay quien dice que nacemos para ser felices.

Nunca dicen la verdad: nacer para trabajar. Nacer para dar hijos al calentamiento global.

Creo que el sufrimiento y la felicidad carecen de importancia. Mi placer es que la muerte me respire en el cuello. Tal vez eso sea el erotismo, acercarse a la muerte y no morir.

De adolescente, solía irme muy lejos en bicicleta para escapar de mi papá. Una sana costumbre, huirnos mutuamente. Cada uno era el abismo del otro. Yo, que tenía piernas fuertes porque las suyas también lo eran, subía en bicicleta una cuesta muy empinada y llena de curvas. Era agotador pedalear esa subida. Y la hacía cada fin de semana, como quien celebra su propia misa.

Llegaba a la cima y descansaba en un mirador, donde la Virgen del Valle reinaba desde su hornacina, cubierta de rosarios de plástico. Un polisón de flores artificiales, descoloridas, y a sus pies, velas muertas. Los churretones de cera le entristecían el altar. Había también una escudilla donde la gente dejaba dinero.

Yo robaba ese dinero. Y también robaba los rosarios con los que me fabricaba collares. Mis collares sagrados de plástico.

Una vez que recuperaba fuerzas, descendía sin frenos la pendiente peligrosa, con curvas muy cerradas por las que andaban autos, motos, e incluso camiones. Nunca tocaba los frenos y la muerte se acercaba rascándome dentro de la ropa interior.

Por recuerdos como este es que me deseo más que a nadie en el mundo.

Fui hecha para tener hambre y sed. Ansia.

Yerma reclamaba que le daban de beber lo que no pedía. Nadie estuvo dispuesto a escucharla. He aquí una Yerma. He aquí una Casandra. He aquí la hija de la piedra, de todos los minerales que no pueden dar a luz.

Escribo sobre el erotismo porque soy travesti, y las travestis tenemos los días contados. Aprendí el sexo como una servidumbre o una dictadura.

Conservo en mi interior la temperatura exacta del secreto de las mujeres de mi familia para dominar la situación desde la pasividad y la sumisión.

Inclinada al sufrimiento. Inclinada ante los santos de yeso. Inclinada a los pies de un dios que no me amó.

Y también me digo que es imposible afirmar nada sobre una misma. Que soy ciega a mi imagen, que soy un sujeto completamente desconocido, que todo lo invento porque este cuerpo y este espíritu me resultan ajenos. Es agotador refutarse una y otra vez, en cada libro escrito negar el anterior, en cada entrevista burlarse de lo dicho antes. Hace tiempo que perdí la piedad y la autocompasión. Hoy me burlo hasta del párrafo que precede a este párrafo.

¿Porque soy travesti? ¿Porque tengo los días contados?

No, escribo sobre sexo, desnuda. Interrumpo la escritura para masturbarme con el recuerdo de algún amante. Porque así lo deseo.

Ya pagué el precio, es hora de escribir lo que se me antoje, aunque esto no le guste a nadie.

A menudo, veo a mis amantes lavarse la vida de encima.

La vida que acabamos de hacer en la cama o la mesada de la cocina, una vida de ancas aceitadas y embestidas rabiosas, donde nunca están claros el bien y el mal.

Construyen castillos de naipes para protegerse de la mugre del sexo. Amantes que corren a lavarse inmediatamente después de acabar.

Se desconectan de esa matriz de la que nos alimentamos con avaricia, apagan el fuego con un gesto preciso. Se apartan de sí mismos detrás de una cortina de modales, protocolos y represiones.

Amantes que huyen o agreden. Amantes que recogen su ropa, se visten y se retiran. Hay amantes que no dicen ni una sola palabra. ¡Ni una sola palabra! Ellos no saben decir lo que hay que decir para colmar mi hambre.

Soy dueña de un harén en el que danzan hombres melancólicos, devastados, hombres que llevan en brazos el cadáver del niño que fueron. Mi harén no se parece a la plenitud, sino a un campo de exterminio.

Apenas queda el aceite de mi perfume y la promesa de que vos y yo, no hoy, no mañana, pero en esta vida o en otra, volveremos a la calle donde no tenemos nombre. Y vamos a coger debajo de un lapacho con la boca llena de espuma.

¿Qué puede venderse?

Juguetes muy baratos, que se rompen al poco tiempo de haberlos comprado. Ungüentos, cremas para el dolor. Ropa, zapatos. Adaptadores de enchufe, tejidos, artesanías, bowls de plástico, yuyos de la sierra. Comida. Licores, destilados, fermentados. También pueden venderse medicamentos, hormonas, salud y enfermedad. Puede venderse la posibilidad de dormir, de no sentir nada más, nunca, hasta la muerte. Pueden venderse el consuelo, la idea de un cielo, y hasta una gran variedad de castigos.

Pueden venderse placeres, latigazos, orines, mierda, simple sexo, mecánico sexo, sexo oral, sexo anal, sexo a pelo, sexo entre muchos, sexo sexo sexo. Pueden venderse la juventud, la caricia, también los besos, las cachetadas, los pisotones, los escupitajos y los arañazos. Se venden el drama, la tragedia, la fidelidad, la comedia, las actrices se venden, se venden los guionistas, sus ideas se venden como pan caliente.

También se venden leyes, votos, complicidades y traiciones. Se venden asesinatos, órganos humanos, animales en extinción, la piel de los animales, los cuernos de los animales, los cadáveres, los cuerpos vivos, los dientes, las tumbas, el semen, los óvulos.

Pueden venderse el cuidado, el entretenimiento, la impunidad. Obras de arte, películas, viajes, entradas a un gran e inolvidable concierto, una silla destartalada en un teatro alejado, la lectura del futuro, la comunicación con los muertos. Una visita a la playa, a un cenote, un paseo por la selva o la sabana. Pueden venderse el amor, la simpatía, la indulgencia. El petróleo, el gas, la electricidad, la internet. Toda la tecnología posible. Pueden venderse un niño, una niña, una adolescente, la libertad, la idea de la libertad, la deformación de la libertad, un título universitario, una excarcelación, un esclavo. Se venden la belleza, el brillo, la tortura, venenos que hacen promesas. Joyas, café al paso, una fotografía, tu nombre en un grano de arroz.

Años de tu vida, noches de tu vida, toda tu juventud, tu vejez. Todo eso.

Una muerte digna, la eutanasia limpia e indolora.

Pueden venderse los escritores, los editores, las ideas, los cuentos, las historias familiares, las historias de amor, las denuncias, los activistas, el momento exacto en que se quiebra un corazón por la mitad como una copa, irreversiblemente, el cuerpo de una travesti, el conocimiento, la sensación de que tenemos importancia. Se pueden vender los hijos, los cachorros de tu perra, el anillo de bodas que amarga tu semblante. Puede venderse la memoria de un cuerpo, todo lo que aprendió con dolor.

Pueden venderse los premios, los elogios, los espacios publicitarios, los tragos, el salmón. El pan seco y muerto que reparten en los comedores escolares. Puede venderse un tratado de paz, pero también un cuchillo y una pistola.

Los órganos de alguien saludable.

Todo lo que tiene voluntad de existir.

La tierra se vende.

Una casa, las piedras de una casa, la arena de una casa, la cal de una casa, la seguridad de una casa.

Una tumba se vende. Por un precio específico pueden reducirte a cenizas.

Y si lo deseás, podés vender el poder irrebatible de tu culo, el agujero que lo sabe todo antes que tu conciencia, el omnisciente que gobierna el mundo. No el sexo, no la penetración, ni siquiera un chorro de saliva que desciende por entre tus piernas. La energía radiactiva, inestable, invencible del culo que te enseñó más que cualquier maestro en tu vida.

Afuera el comercio ocurre. No hay cadena que lo sujete. Y es el trabajo más agotador que existe. Cuando ocurre, alguien se lleva consigo lo que antes estuvo a salvo en otras manos. Comprar y vender son actos que pertenecen a la maldad. Es un terreno hostil para los buenos. Es necesario, para abrir esa puerta, haberse avinagrado con la vida. El comprador experto hiede porque viene saturado de amargura.

Estamos vendiendo algo en este momento. Al menos en esta noche helada en la que escribo, ocurre el comercio de mis palabras. Mis palabras sobreviven a mi deseo, se lo comen. No imagino otra música posible para mi deseo que el silencio del desamor.

¿Por qué se vende?

Por el dinero. Siempre es por la posibilidad de tener algo.

Un amante, un vestido nuevo, un perfume, un par de zapatos rojos, las manos cubiertas de oro, semen en mi boca, un hotel entre la selva y el mar, una ventana que mira el atardecer incendiando el perfil de las montañas.

Los sabores que no fueron hechos para mi boca. Los vinos que mi paladar nunca probó.

El gusto vacío de la venganza de una mujer pobre. Por eso se vende.

Quiero traer criaturas al mundo.
¿Qué criaturas?
Quiero parir la noche. La superficie honda y púrpura del color de la noche. La noche que una escritora lleva consigo. La noche que acontece siempre, incluso bajo el sol.
De todos los gestos, elijo apuñalar al mundo mirándolo a los ojos.
Que no se diga. Yo lo sé, no sufrí lo suficiente.

Un ciego dijo que en la grieta Dios acecha. Creo que nos acecha porque le urge aprender nuestro lenguaje. La escritura es una grieta donde acecha mi lenguaje, como una loba escondida muy cerca de una fogata, en el medio del bosque, escuchando hablar a los hombres. Odio a esa perra que aprendió tan rápido un idioma extranjero. Con qué dedicación imitó sus inflexiones y gesticuló en el aire la mesura de la comunicación, las lenguas imposibles, la gramática férrea, coronada de oro y piedras preciosas, la gramática que se alimenta del oro que robó al país de los perros. Mi deseo es matar a la escritora que copió un lenguaje, borrar el rastro de esa sinvergüenza que se apropia de mi escritura y obedece.

La perra que piensa en el deseo de los demás.

Mientras tanto, tengo en las manos una criatura que sale de mí, tan parecida a la noche que desgarra. La acaricio a pesar de su fealdad. Hay algo en mis manos que se parece a mi niñez. ¿Qué es eso que existe antes de las máquinas que imprimen, de los correctores que dignifican las palabras? La escritura sin disfraz, la escritura hablada.

La escritura oral le queda grande al libro. La libertad es esa: prescindir de la gramática, de la sintaxis, andar sobre las palabras como en un vehículo que se conduce a sí mismo. Como tal, es una criatura amada solo por quien sopló vida en el polvo. En la cadena de producción, la tarea de una editora es volver a ese animal un cachorro que las personas puedan tener en su falda. Un bichito que acariciar y del cual obtener calor.

Quiero hacer este poema, el de la noche de la memoria.

Mi criatura no perdona. Es inmisericorde. Lo que escribo castiga, reanima el dolor antes de su extinción, no es avaro, no está atado al amor ni a la compasión. Mi escritura sufre, envejece y escupe maldiciones sobre las páginas. Solo en ella estoy viva. Cuando el lenguaje que aprendí de los hombres es contaminado por palabras paganas, cuando no me queda ningún animal que proteger de mi propio rencor, un espíritu vitalista me trae de nuevo a la alegría.

¿Qué sentido tendría un libro si una no pudiera atravesar su maldad entre las letras, cruzarla de súbito en la página, escribir con limón en el papel, enviar un mensaje subliminal a quien acepta que una cuenta historias a pesar suyo? Escribir limpiamente, higiénicamente, honestamente, escribir libros como una luz en el apocalipsis, me resulta repugnante.
Prefiero cometer el crimen.

¿Cómo se reproducían las travestis en el mundo anterior? A través de la palabra. Las palabras fecundaban los oídos y ponían a rodar por el viento el hechizo que engendraba a una traidora nueva, en cualquier lugar del país, no importaba dónde. Importaba polinizar las ciudades, las montañas, los valles, las costas, para que nacieran otras.

Del mismo modo se reproduce el deseo.

Hace poco tiempo decidí que la identidad no era nada. Que la identidad era una cárcel. Al final, la identidad solo era un consuelo. Acepté que lo importante era la experiencia. No la percepción que una tiene de sí misma. Eso es chapucería, magia barata. No fue la idea del yo y luego la identidad. Fue la experiencia la que configuró a la travesti. Pero eso es algo que causa repulsión leer, incluso para mí, una sensación de traición a la ingenuidad. Bajo qué otra sombra podría haberme refugiado, si no bajo la de esa travesti que vino a rescatarme de un destino infeliz, de un mundo opaco, de una abulia totalitaria.

Me pregunto: si yo renunciara a la palabra travesti, si yo quitara de mi vocabulario esa experiencia y escribiera sobre el mundo extranjero, ¿me leería a mí misma?

Marguerite Yourcenar escribe en *Una vuelta por mi cárcel*, en un capítulo dedicado al onnagata Bando Tamasaburo, a propósito de mis cavilaciones:

"T dice pensativamente:

—Espero que a mí me ocurra un día algo semejante.

Un poco más tarde y casi amargo:

—No es a la mujer a quien las personas que vienen al espectáculo buscan en mí, es a un hombre.

Pero ¿lo buscarían con el mismo fervor si no estuviera vestido de mujer? Sugiero que su magia depende, precisamente, de esa superposición".

Para escribir la cita, tengo el libro en mi falda. Una edición de unos veinte años atrás. Y huele igual que mi pregunta. A madera húmeda a punto de pudrirse.

Nuestra lengua se ponía amarga luego de una raya de merca o ketamina. Los hombres nos besaban en la boca y sentían el sabor de nuestra vida. La cocaína nos amargaba las muelas como un medicamento, pero también nos daba fuerza.

No se podía decir nada de la juventud. No me sabía joven, pero vivía a instancias de otras que me decían: hay que vivir, hay que vivir, y eso era lo que hacíamos, ese era nuestro pequeño mantra.

Teníamos la lengua hecha un nudo por no saber decir tantas cosas. Los adultos nos preguntaban por qué. Los maestros, los sacerdotes, los parientes, todos nos preguntaban por qué. No teníamos lenguaje para decirlo. Las golpizas, en muchas ocasiones, eran consecuencia de nuestro silencio, de quedarnos mudas frente al reclamo. La exigencia adulta de decirnos.

Se hablaba muy poco algunas noches.

Era tan simple lo que teníamos para decir, en algún lugar de nuestro saber, allá al fondo, tan sencillo, tan de un orden primario, que no podíamos decirlo. Hoy tampoco.

No sabría decir por qué el *Gran Otro* nunca fue paciente, no quiso esperar la lentitud con que aprendíamos.

Pero decir qué, por qué decirlo.

¿Decir quién soy? Decir que soy la nada. O un río. O un hechizo que fue conjurado en mi cuna.

Le pido a mi amante que lea un libro de Anne Carson. Me dice que lo va a buscar en la librería que le recomiendo. Le cuento que leí el libro mientras esperaba embarcar en un aeropuerto. Me dice que le encantaría leer de esa manera. Mi amante piensa que soy una gran lectora. "¿Cómo?", le pregunto. Me responde que leo un libro como si lo devorara.

Pienso que no leo libros. Que los libros me leen a mí y van a una velocidad que una lectora como yo no soñó en toda su vida.

Los libros dentados, los libros inesperados, los libros que una quisiera escribir.

Mi amante está encantado de revolcarse con una escritora.

Estoy ocupada fingiendo que no sé qué es lo que debo quitarme de encima y poner en este libro.

Soy incapaz de escribir ternura. Escribo a los golpes.

Una tarde escapás de la casa de tus tías y vas a ver a tu mamá. Tendrás ocho años, tal vez nueve. Vivís ahí no como un sobrino, sino como un criado. Tu hermano mayor no se lo toma a bien. Te grita que eso no es de alguien de palabra, escaparse del trabajo. Ellos te han enseñado a respetar. A trabajar, a cumplir, a estar un paso por delante del deseo del patrón. Luego se desabrocha el cinto y está por darte la tunda de tu vida, pero el cinto se enreda en el espaldar de la silla y tenés un segundo para escapar. Corrés a esconderte para que nunca te encuentre el cintazo, la patada, el tirón de orejas.

El monte es todo escondite. El tronco hueco o la copa de los árboles o debajo de la tierra. Pero hay que esconderse y prepararse. Muy pequeño, aprendés a prepararte para la violencia.

Esta vez, la ocasión en que escapás de la casa de tus tías, mientras tu hermano te busca con la boca llena de puteadas, robás de la mesa un tarro de miel recién robada a las abejas. Desaparecés por unas horas y, al fresco del piso de tierra, bien apisonada, tan lisa como el estuco de cemento, te dormís abrazado al tarro de miel. Te despiertan las hormigas que te muerden cuando te movés.

Es para no odiarte que recuerdo esa imagen tuya, abrazado a la miel. Porque una podría morirse de este odio.

Da vergüenza admitir que a veces una odia las criaturas que escribe.

Ves a tu yegua morir. Tu padre todavía vive. Y tu corazón, que tiene apenas el tamaño de un diente, reboza de admiración y cariño por él.

Tu yegua baya, la que te lleva y trae por el monte, patina por el costado de una loma. Pensás: "Qué tonta".

Alcanzás a saltar apenas pierde el equilibrio. Unas piedras se desprenden y tu yegua resbala. La vida está de tu parte, pero ella tiene peor suerte y se quiebra la pata izquierda, la de adelante, y no hay manera de hacer que se pare. Que ande. Se pone brava y sufre, resopla con rabia.

Le llevás agua, comida. Pero ella no quiere comer ni beber. Ponés trampas alrededor porque pueden atacarla los zorros o un puma. Puede llevársela la luz mala para dormirla cantando. Tres o cuatro días así, con la yegua adolorida, quejumbrosa, que no se alimenta. Cansado de verla sufrir, tu padre ordena que la maten. Llorás, maldecís. Te dan vuelta la cara de un cachetazo. Tu cuerpo de niño, tu tristeza de niño, no vale nada. Hay cosas más valiosas que el cuerpo del hijo.

—No se blasfema ni aunque se muera tu madre —te ordenan.

Tu padre se acerca con un hacha. Vos gritás con tal desesperación que los espíritus del aire se estremecen, lo seguís en la tarde que se pone roja, tus hermanos mayores te retan, se ríen también de lo mucho que te duele. Tu padre le pega en la frente a tu yegua con el revés del hacha. La desmaya con ese golpe. Así mata a los terneros y a los cerdos. Los desmaya y luego los degüella.

La sangre brota del cogote de tu yegua.

—Mocoso sonso, llevar a la yegua por la loma —maldice el padre—. Hermoso animal echado a perder…

Mientras la yegua muere, tu padre pide a uno de tus hermanos que traiga una pala. Los jotes trazan lúgubres figuras por el cielo. El hermano del medio, el gordo bueno de tu hermano, corre a buscar la pala y llega al poco rato con el corazón saliendo por la boca. Tu padre se pone a cavar junto a la yegua que va muriendo.

Y rezonga:

—Mocoso sonso, mocoso de mierda.

Tus sollozos, la pala.

—Siga usted —dice tu padre.

Cavás la tumba de tu animal.

Quieren enterrarla por la mitad y después cubrirla con tierra.

—Si no va a empezar a oler —dice tu hermano, el gordo bueno.

Una vez alcanzada la hondura, empujan el cadáver y el padre queda ensangrentado. Ya en la tierra, tapan a la yegua entre todos, con pala, con las manos, con los brazos. Terminada la sepultura, tu padre vuelve a tus ojos y te encuentra como si recién llegara de un largo viaje y en ese viaje te hubiera extrañado. Tu padre te ve quizás por primera vez en toda su vida.

—Ya está, ya está —te dice, y vos te quedás ahí, bajo la cruz de su iglesia—. Los hombres no lloran.

Secás tus cachetes regados de lágrimas, admitís el título de hombre que te da tu padre en el entierro de tu yegua y aprendés a repetir la ley. Los hombres no lloran. Se lo dirás a tus hijos y a los hijos de tus hijos y a cualquier niño que veas llorar hasta el día de tu muerte.

La supervivencia es un modo de esclavitud. Una escritora no puede ser esclava de su vida.

Lo que hace una escritora es nadar en el agua oscura de su Estigia. Alimentar a sus criaturas y verlas crecer.

Alguna vez la memoria se pareció a un amanecer. El cielo era como la proyección de una película. Los colores se convertían en argumentos y puestas de cámara. Si había nubes, el espectáculo era más encantador. Y cuando aparecía el sol, sabía que debía ponerme a salvo, porque mi cuerpo era ominoso. Mi rostro era un insulto para la ciudad que despertaba, un oprobio para la memoria. Y esa caverna donde mentirse a una misma se extendía con toda la fuerza de la juventud hasta los confines del día. Había un largo día por delante. Mientras tanto la memoria, en ese amanecer, escribía. Absorbía la materia.

Un día llegó la noche y no hubo más amaneceres. Me acostumbré a prender lámparas para engañar lo tenebroso de la memoria.

Un día la memoria se erigió como tirana y ya no pensé en la luz.

La memoria es el afecto más traidor que existe.

Algo imposible: privarme del lujo de escribir, escribir mucho, en vano, incluso sin tener nada que decir. No sé qué puerta se abre a la buena escritura, pero cada cerradura que fuerzo me lleva a un sitio diferente: la lujuria de las palabras, la infancia dolorosa, la delicia de las mujeres, la delicia de las travestis y el ardor fracasado por los hombres. No sé hacer otra cosa, por eso busco en la hendidura de la ficción la propuesta de un mundo que no existe, un mundo que se nombra por primera vez.

Creo que escribir es traicionar. Toda escritora traiciona su intimidad, la intimidad de su familia, de sus amores, de los secretos que exigen silencio, de la justicia humana del silencio. Pero traicionar no implica mentir. Mentir es un divertimento. Los mentirosos no siempre traicionan. Al contrario, no hay nada más fiel que una mentira.

Por mi parte, no quiero ser curada de este mal sin nombre que se cuela en cada gesto: traicionar.

Años después, la mujer hablará con nostalgia de esa estadía en las regiones del calor donde las brujas, a la hora de la siesta, se desplomaban desde sus escobas en pleno vuelo y había que recogerlas de los techos de las casas como pajarracos pedestres caídos en desgracia.

La mujer rescata a dos brujas caídas, desvanecidas, ardiendo en fiebre. El aire supera siempre, todos los días y casi todo el día, los cuarenta grados. Las brujas se aventuran a salir a la hora de la siesta por los bocados de siempre, pero no están preparadas para esos soles. Quieren comerse a los hombres que beben en los bares del pueblo y que no vuelven a sus casas.

—Todo es un caldo —se queja la mujer—. Todo está espeso y caliente como un caldo. Hasta el aire.

Las brujas se recuperan en un galpón al fondo, donde también hay una vaca, para la leche. El padre le trajo ese regalo a su familia, producto de otro negocio en el que salió perdiendo. Por supuesto, es su esposa quien da de comer a ese fracaso, quien le da agua. También la cabra sobrevive a la miseria. No la han vendido.

Es común oír la conversación de las brujas con la vaca y la cabra. Conversan durante horas entre murmullos. Nunca la leche es tan rica como en esa temporada.

Las vainas del algarrobo son del tamaño de los brazos de la hija, la sombra remite al invierno, los pájaros arman sus nidos.

La niña lleva comida a las brujas con terror y curiosidad. A veces las encuentra desnudas, hablando con la vaca y el algarrobo, frotándose contra las escobas, con los ojos en blanco por un gesto que también ha visto en su madre, cuando el padre vuelve de noche reclamando el cuerpo de su esposa y la casa se sacude en la oscuridad como un cubilete con dados. Las brujas constantemente están hurgando con sus dedos dentro de sí mismas, lamiendo las paredes, las patas de la vaca, la rugosidad de la tierra. Todo lo chupan, lo escupen, se lo meten, orinan el patio entero.

Las brujas comparten lo poco que esa mujer y su cría comen, un pancito, un bocadito de algo, un pedacito de nada. Pero se recuperan y se despiden de la vaca y la cabra y acarician a la niña y le dicen algo en su lengua y vuelan en sus escobas. La mujer es sentimental, llora al verlas partir. Se encariña con las visitantes. Para recordarlas, se sienta con su hija, que apenas tiene seis, siete años, y merienda bajo el algarrobo, el único lugar fresco. Tienen la suerte de tener en el patio de la casa un ejemplar de doscientos años. El tronco es tan grueso como la boca de un aljibe. La hija se encarama al algarrobo para escapar de las palizas de su padre.

El tren se ha ido. No hay nada que hacer.

Dos mujeres corriendo por la playa. Pablo Picasso.

La imagen está en una revista de moda en la época de las brujas.

La madre no da más de tanto ir y venir, de buscar agua a vender alfajores, de vender alfajores a vender rifas, de vender rifas a vender láminas, todo en el pueblo del calor. Y ahora además tiene que cazar animales vivos para que las brujas coman. Están magulladas, heridas con la caída entre las ramas gruesas del algarrobo y quebradas en muchas partes.

Con qué ternura la mujer y su hija las cuidan a escondidas del padre. Entablillan cada huesito, el fémur con el fémur, la tibia con la tibia, y ponen barro en las hinchazones y yodo, porque el yodo sirve para todo lo que tenga que ver con la piel, no hay nada más santo que el yodo. Y les lavan el pelo con el champú barato con que se bañan. Y no les tienen miedo.

La mujer tiene que cazar animales vivos, porque ya no hay otra cosa que comer. No hay tiempo que perder, las brujas en el fondo mueren de hambre. Ya estuvieron comiendo tierra, y se golpearon la cabeza tratando de atrapar un murciélago y quedaron turulecas varias semanas. Ella caza ratas. Pone las trampas dentro del galpón donde se refugian, y cuando la rata es atrapada, las brujas se arrastran y la comen casi viva.

Para comunicarse con ellas, la niña lleva revistas y les muestra fotografías y va señalando con el dedo. Aparece en la página el cuadro de Picasso. Las dos locas corriendo junto al mar.

Las brujas se quedan sin aliento, paralizadas de estupor, abiertas por primera vez a la expresión de una belleza como esa.

La imagen del cuadro pisa un montón de palabras referidas al pintor. Pero la imagen preña todo el pensamiento y lo pone alerta. En la hoja izquierda hay una publicidad de dentífrico, a veces la niña se manosea pensando en el muchacho de la foto. Pero no es importante, lo importante son las dos mujeres que corren de la mano por una playa, la deformidad, los brazos gigantes, los pechos pequeños al aire. Dos mitades de naranjas. La desolación del color, la impresión de la pintura sobre el corazón de la niña invisible y de las brujas, que hablan otras lenguas.

Las brujas acarician el pelo renegrido de la niña. Pronto los ojos se ponen blancos como dos mares de leche y quedan sintonizadas en un quejido lúgubre que pone de punta cada pelo de la niña. Luego caen desmayadas y la niña sale corriendo en busca de ayuda, pidiendo a gritos por su madre.

Esa felicidad pudo destruir también. Mientras tanto, las mujeres de la playa corren a ponerse a salvo. La historia las persigue, pero ellas saben salvarse. La felicidad de las dos mujeres que van semidesnudas por la playa, con brazos enormes, como brazos de hombre.

La mujer asiste a las brujas, que solo están rendidas. Y se duermen sobre el pellón de una oveja. Dormidas como están, sienten los pasos helados de una cucaracha, muy cerca de sus cabezas. Estiran una lengua ágil como de sapo y enrollan el bocado crocante.

La mujer encuentra a su hija a los besos y los manoseos con un vecinito. Un vecino que, además de no caerle bien, le manosea a la chica. Lo echa y le jura que si lo vuelve a ver cerca de su hija, le va a contar todo a su madre.

—¿Qué estaban haciendo?

—Estábamos jugando.

—¿A qué?

—A que éramos robots.

—¿Y por qué te estaba metiendo el dedo en el culo?

—Porque ahí estaban los botones. Porque éramos robots.

—Qué clase de robots son esos.

La letra también es negra por esto: porque la piel es negra y eso es algo que no puede ocultarse. Como el travestismo. Como la escritura, exenta o eximida del disfraz.

De madrugada, cuando no amanece, tu hijo se despierta, prepara su desayuno y parte a la escuela. Es invierno, caen heladas terribles, la vegetación está mustia y cubierta de hielo. Ni un charco queda sin congelarse. Solo cuando las noches son nubladas no hiela. Cuando el cielo está lleno de estrellas, las plantas saben que van a morir. Muy pocas sobrevivirán al invierno. Vos socorrés a las macetas, las ponés dentro de la casa, cerca de la salamandra que permanece tibia hasta la madrugada y, aun así, no podés salvarlas.

Tu hijo a pie, en esa quemazón, cruza las diez cuadras que lo separan de la escuela con un libro entre las manos. A veces levanta la mirada al pasar por un cruce, pero no es necesario, a esa hora no hay mucha gente despierta conduciendo. Los gallos no lo distraen, tampoco los perros. Lee muy rápido los libros que le prestan, se apresura para devolverlos y traer otros. Está descubriendo el mundo. Su idea del mundo viene de la enfermedad de los escritores que lo preceden. Un mundo que se prende a su imaginación como un antídoto, porque ya sabe, siendo tan joven, que el mundo de los hombres no tiene remedio. No tiene arreglo. Está condenado. Es a través de la ficción que tu hijo conoce el mundo. Están bien los libros de historia, el Helena Curtis con todos los misterios de la biología, están bien la enciclopedia y los textos de filosofía. Pero de donde tu hijo extrae su saber es de las ficciones que lee contra el viento.

Admirás en secreto a tu hijo. Fuiste vos quien descubrió que el niño era voraz lector. Que leía todo lo que caía en sus manos, incluso los carteles en la calle, lo que fuera. Entrás en contacto por vez primera con la forma particular en que tu hijo se relaciona con el mundo. Tu hijo lee el mundo. Es el lector de los gestos, de los cambios de luz a lo largo del día. Tu hijo es capaz de leer sentimientos como si se tratara de poemas. Aprendió de la sabiduría que trafica la ficción.

Por lo tanto, tu hijo sabe que el mundo es agonía, sangre, luto, matanza, sexo, ambición, bondad, naturaleza. Tu hijo sabe que la naturaleza es compleja, que escapa a tu reducción de las fuerzas que rigen la existencia, y eso te emputece. Nada te da más odio que ese saber de tu hijo por encima del tuyo.

Cada día el espíritu de tu hijo camina sobre los charcos de hielo. Pero un día se detiene, sin reflejarse en nada, saca de su mochila un rímel y se ennegrece las pestañas, las arquea. Se pellizca los pómulos como en las películas clandestinas que ve cuando dormís.

La luz del sol recién se perfila en la cima de la montaña.

El misterio de tu hijo sucede.

Pronto tu hijo descubrirá que no existe un poder tan fuerte como el de su desviación, no hay potencia divina que pueda con el mal de tu hijo. Ya renunció, sin saber el dolor que eso causaba. Se confiesa religiosamente cada domingo, cumple con sus penitencias, come una hostia. Es monaguillo. Cuando desciende el Espíritu Santo, él hace sonar las campanas. Acompaña al sacerdote en la ceremonia donde algo sagrado ocurre. Cada noche reza tu hijo a su ángel de la guarda un avemaría y un padrenuestro. Desgrana su rosario para no oírte roncar como un cerdo, para no escuchar tus quejas. Para no oír tus provocaciones, el arte con que buscás la violencia. Reza, asiste a la infancia misionera, se arrodilla, se culpa, se castiga. Tu hijo está triste.

Y aun así, no basta. Su desobediencia es inmune a Dios.

Renuncia a respetarte, a creerte, a quererte, y alimenta un odio agrio que hierve dentro de él. Más que al reino de la tortura, más que a los muchachotes que lo hieren en la escuela, más que a los vecinos que se burlan de él, odia a su padre.

Se sienta a la mesa, te observa comer y desea tu muerte.

Marguerite Duras dice en *Yann Andréa Steiner*: "No existe libro alegre sin indecencia". Gabriela Mistral, al final de *Desolación*, escribe: "Dios me perdone este libro amargo".

Huelo la culpa por los libros amargos. Por la muerte de los personajes. Por las cosas terribles que se escriben. Pero escribir sobre la amargura, a veces, es el único modo en que estoy feliz.

Algunos leyeron mis libros y sintieron piedad por mí. La piedad está a la orden del día. Yo no siento piedad por ellos. Ojalá pudiera quedar incrustada como una espina que se infecta, bajo la piel de su memoria. Hacer que sus cuerpos se esfuercen por expulsarme. Volverlos locos.

Cada noche mi mamá viene a mi rostro y se prende a él. Paso frente a un espejo y advierto la cara, el cuerpo y la lengua de mi madre que me habita. Me sobresalto, corcoveo. Quiero quitármela de encima, de adentro, quiero olvidarla, quiero experimentar algo que no esté dicho por ella.

Pero mi lengua habla sus palabras.

Ellas iniciaron el lenguaje que nos dio cuerpo. Somos el resultado de la feminización del lenguaje de nuestras antepasadas.

Oía cómo mi mamá mentía por el misterio de su hija. Oía su silencio cuando se tocaba el tema. Oía la tensión de su silencio envolviéndome. Oía la música de su tristeza y el caer de una palabra dentro de otra, como los pasos en un salón vacío, mi mamá diciéndome: te doy las palabras, te doy la lengua a falta de riqueza, a falta de un apellido que te ampare, a falta de un padre que te quiera. Te doy este modo de hablar. Cuando sea el momento, prendelo fuego y hacé que desaparezca.

Y no solo es la lengua de nuestras madres, la literatura no solo es la poética de la pobreza de nuestras madres, las que nos dieron leche y tejieron nuestras bufandas en invierno. Es también la lengua de las madres que nos dieron el vivir travesti: las otras madres travestis. Y las madres que inevitablemente seremos.

La lengua negra de las travestis que agonizan.

La lengua ponzoñosa para chicotear a otras, para maldecirlas, para envidiarlas. La lengua envenenada para insultar, para pelearse, para dañar a otras y otros. La lengua que se ampolla cuando bajan las defensas.

El río se desbordó cuando tenía diez años y el pueblo era reciente. La tormenta primero, la lluvia gorda después, que hizo sangrar la nariz de mi papá. El río llevándose al pueblo que le habían puesto delante. Así es nuestra lengua, reacciona frente a la tormenta, cuenta una y otra vez esta historia. En los descansos, levantan los pueblos y cambian su curso. Nuestra lengua desborda.

Hacemos palabras como la cosa más común del mundo, como quien cocina, partimos de la idea de que es bueno comunicarse.

La lengua participó de mi transformación, llevando y trayendo los chismes que nutrían a mi primera travesti, mi primer intento, la niña rubí, la niña hecha también de los monstruos subterráneos que llevaban las sentencias, las acusaciones, las invenciones respecto a mi vida. La lengua prohibiendo, insultando, castigando y mordiendo la existencia tan fina de una niña travesti.

Una vieja le dice que es posible. Entonces la niña no se muere ni se mata.

La lengua para hablar con el padre. Su exactitud, su pobreza, lo poco que puede decirse con ella, un idioma de muy pocas palabras. Dos más dos es cuatro. Es blanco o es negro. Es bueno o es malo. Tal vez no haya para hablar con el padre más que un puñado de palabras que repitan la existencia de las cosas. Así mismo es hablar la lengua de los machos.

¿Dónde, en este preciso momento, la lengua se desborda, no cabe en sí misma, no cabe en el cuero, revienta como una bomba? ¿Dónde, si no en la rabia?

Mi lengua hace tiempo que no besa.

Me bauticé, eso es suficiente.

Ahí va la sangre espesa. Me queda la palabra incongruencia. Me queda la palabra despropósito.

Me escribo. Es mi derecho escribirme y no saber.

Cosecho las palabras que escupen los demás. Con eso hago el poema del erotismo. Son sobras. Son las palabras insoportables. Insoportables de decir, de pensar, de escribir. Las encuentro pisoteadas en la vereda, mojadas por la lluvia, arrastradas por la inundación.

No importa quién desdeñe su forma ni su origen. Importan para mí en tanto y en cuanto son el detrito de aquellos que no me supieron querer.

La basura ajena me resulta tentadora. Es como el antojo de una embarazada. Inevitable. Y si no se contiene, deja una mancha en el cuerpo de tu hijo.

Creo que la escritura y, por lo tanto, el erotismo nacen a partir de la basura. Soy una flor de esas que no llevan savia sino veneno. Soy como los hongos que crecieron en la bosta y duplicaron las ideas de los monos.

Lo que escribo no pide tristeza. No pide un reflejo. No merezco piedad ni exijo la lástima de nadie. Estoy aquí gozando, suplicando por amantes, de rodillas. Les pido lo que se me antoja sentir. Soy una puta emancipada.

Si fuera un paisaje, la noche de mi amor sería un bosque. Los faunos arrojados sobre las raíces, voraces, con meses sin coger. De tan calientes, se deslían, pasan a ser líquido, parte de mi saliva. Me desnudo y camino entre los árboles.

Cada amante se arroja sobre mí para devorarme, pero la que tiene el hocico ensangrentado y el vientre lleno soy yo.

No soporto llevar estas palabras conmigo.

El cirujano me explica que los años de estrógeno han hecho crecer el tamaño de mi pezón y puede hacer el corte siguiendo su borde. La cicatriz quedará mejor. Una cicatriz invisible. En unas semanas va a rellenar mi pectoral con 350 centímetros cúbicos de la mejor silicona inglesa.

Fui clara con él. Llevé una foto de referencia: Madonna desnuda en la playa. Su época de oro, los años de *Sex*. Le dije que si mis tetas no quedaban así, me las arrancaría yo misma. Él dijo haberme tomado en serio.

Después de la cirugía, me aseguró que había sido un trabajo milimétrico. Sus dedos gordos y peludos empujando la silicona dentro del pectoral, su satisfacción al ver el trabajo terminado. Y su boca, como un creador deleitándose con su criatura. Me contó que al abrirme derramé leche de mis pezones. El estrógeno, el estrógeno…

Últimas noticias: en algún lugar del mundo una travesti se somete a un tratamiento hormonal y produce hasta 230 mililitros de leche materna con la que amamanta a su hijo. Durante seis semanas este fue el único alimento del recién nacido.

Algo en la tierra, bajo los pies de los hombres y las mujeres que pasean sus colmillos por peatonales y plazas, traga la escasez de sus miradas.

Mi amante viene a despedirse de mis tetas tal y como las conoció durante más de una década. Las vio revelarse, hincharse, empequeñecer, vio los pezones encogerse por el frío, lamió, mordió y escupió. Lo alimenté durante todo ese tiempo con la nada de mi escote y él, por las noches, se entrelazaba con mi cuerpo y se agarraba de mis tetas como si el infierno lo tironeara. Se quedaba ahí durante todo el sueño, reteniéndolas, como si fueran a escaparse mientras dormíamos, con un intenso afán por tener entre los dedos esta serpentina de hormonas. Esta honrada antinaturalidad.

Y ahora que bruscamente serán rellenadas como la pechuga de un ave, él quiere estar cerca, de una manera nueva, con un fervor nunca antes visto.

Soy su lectora, echada como una vaca que pastó hasta saciarse, que bebió agua del arroyo y luego miró la tarde y la oscuridad arenosa del cielo antes de su ordeñe. Estoy aquí, monogámica y romántica, deseando desear a otros. Solo quiero clavarle la lengua en el cuello en este ritual satánico con que lo amo.

La familia de mi mamá siempre mantuvo vínculos con las fuerzas invisibles. Eran indias que daban a luz a otras indias que sabían hablar con todo lo que se arrastra o vuela debajo o encima de las humillaciones humanas. Curaban, maldecían, cortaban tormentas.

Pero mi papá, que era gringo aunque estaba renegrido de tanto trabajar al sol, tenía sus propias brujerías, con las que a veces nos curaba a mi mamá o a mí. Vivíamos en una región donde todo ardía. Ahí nos había dejado, ahí llegaba de visita de cuando en cuando con su bolsa de arpillera como un peregrino que carga con sus ungüentos y brebajes. Visitas breves iguales a las de un médico e igualmente inútiles.

Una tarde a mi mamá la picó una abeja por primera vez en su vida. No sabíamos que era alérgica. Fue hinchándose de un modo repulsivo y aterrador, y las primeras risas por la sorpresa del aguijón fueron mutando en desesperación. Mi papá fue al patio y orinó sobre la tierra. Hizo su propia brujería, su propio hechizo. Amasó el barro, desnudó completamente a mi mamá, la recostó sobre una mesa y la cubrió entera con algo que era de este mundo y con algo que provenía de sus riñones agotados de tanto depurar alcohol. Algo que venía de él mismo y que no eran golpes ni insultos ni escenas de hombre violento a las tres de la mañana que obligaban a su hija a esconderse bajo las camas.

Era lo que podía darle a su esposa, aunque amara a otra.

Sus cataplasmas servían para todo. No podía llevarnos a un hospital, no tenía cómo pagar un taxi. Todo su dinero lo gastaba en otra familia y en cajas y cajas de vino blanco. Pero me cubría con ese barro hecho con su orina cuando mi pecho se cerraba con una espuma densa que me impedía respirar. Cuando subía la fiebre, cuando tenía pesadillas, cuando picaban las abejas, cuando nos flechaba una higuera, cuando nos caían mal los mendrugos que comíamos. Él amasaba el barro con sus propias manos, lo ponía en un balde y lo llevaba junto a la cama. Nos desnudaba y nos cubría con él. Rezaba, rezos comunes, los de cualquier católico. Mi mamá y yo creíamos, o le dábamos lugar, no recuerdo ahora.

Mi infancia estuvo cubierta con sus orines. Cristales, oro y burbujas, la mica, el hierro y los insectos que no se salvaban de la inundación.

Nunca nos curó. Pero él nos marcaba. Y tenía poder, claro que sí. Sabía lo que estaba haciendo.

Trabajo para la empresa del amor 32 horas semanales. Son las horas que compartimos en mi casa, en un ensayo relajado de lo que sería vivir juntos, aunque nos horrorice la idea de una convivencia.

A veces, esas horas semanales que tenemos bien contadas me resultan insoportables. Siento la obligación de ser bella. No solo para él, sino para saber que resisto en ese nido donde el amor se libera gota a gota de nosotros.

Quiero ser bella cuando todo se derrumbe a mi alrededor. Parte de lo que él ama está por fuera de mí, pero existe solo por mí.

Una serie de procedimientos de higienc que no negocio con nadie, cada vez y con meticulosidad, cosas del sexo anal. La práctica que todo amante pasivo adquiere y domina con excelencia. Lavar las tripas por horas a veces, hasta que el culo se vuelve como una copa, impoluto como el piso de un museo, para que ningún olor venga a arruinar el deseo. Un hombre activo puede ir a una cita habiéndose lavado solo la pija. Pero para el sexo anal la vara es distinta. Es rigurosa. Requiere de una higiene que garantiza que no habrá mierda durante el sexo. Que el culo se asemeja a una vagina.

Tampoco se puede comer. Hay que ir al sexo anal prácticamente en ayunas. Es posible que él quiera beber una copa y no tengas otra opción que beber, con el estómago vacío, con el culo como un espejo. Inmaculado, insaboro, incoloro e inodoro. Y luego permitirle que te sodomice mientras el escocés que te bebiste en el bar te hunde en la náusea, sin fuerzas, débil por el ayuno.

Esto sucede cada vez que voy a tener sexo. Mi flora intestinal se extingue.

El vulgo lo llama "lavaje", las travestis santiagueñas lo llaman "chumaraca". No es otra cosa que nutrir la mentira de que el sexo es limpio. De que no hay mierda cuando cogemos.

Hoy se enojó conmigo porque le dije que estaba parada sobre las ruinas de mi cuerpo, que tenía arrugas, tantas arrugas alrededor de mis ojos, que alguna vez fueron alegres. Le dije que no era más joven y él se enojó mucho. "Te queda mal decir eso, no lo repitas por ahí", me dijo.

Creo que ofendí a esa mujer que ama. La que llevo sobre mis hombros.

La mujer que se siente vieja y cansada y sostiene a la que él puede amar.

Me pide que me desnude y me ponga tacos aguja de quince centímetros. Unas sandalias de charol muy escotadas. Él viene por detrás, entra en mí, tan cerca de todos los órganos importantes, tan dentro de mí que cambia el color de mis ojos. Siempre gime ante ese primer abordaje. Como si hubiera un riesgo que franquea con éxito al terminar de penetrarme. Luego se agarra de esos tacos aguja y se balancea, un poco hacia mí, un poco hacia la puerta de salida, un poco hacia mí y un poco hacia la puerta. Acaba a veces dentro, a veces sobre mi espalda. A veces sobre las sábanas y lo odio por ello.

Nos llevó mucho tiempo llegar a este punto. Convivimos y me parece mentira. Ya no viene de visita. Ahora compartimos una casa. Entiendo que en esa casa hay dos animales intentando comunicarse.

Desde que ocurrió el amor, todo pierde gracia.

Antes, encontrarse era sencillo: buscábamos placer, resolvíamos el hambre, el impulso. Era chasquear los dedos, concertar una cita urgente. A veces lo esperaba desnuda en la cama, con las carnes hospitalarias. Anhelaba el contacto inmediato, elegante, respetuoso. Él era un celador, un guardián, sabía coger.

Para mi desdicha, se plantaron interrogantes, semillas de dudas brotaron y dieron sombra.

Era mejor cuando ignoraba si me quería, cuando no sabía que le gustaba de este modo, cuando los límites se levantaban entre nosotros como un monte.

Ahora, con el amor en casa, tengo alojado en mí algo que la sangre insiste en expulsar. Un objeto de metal frío olvidado en alguna cirugía.

A mis seis años, mi mamá limpiaba casas y me dejaba encerrada en el garaje en que vivíamos. Volvía cansada, con las manos resecas y enrojecidas por la lavandina que le arruinaba la piel y su manicura de arrabal. Pasaba todo el día trabajando como mucama por horas, pagando su existencia, yendo y viniendo de una casa a otra, corriendo carreras para cumplir con todos sus patrones.

Me dejaba el mate cocido preparado en un termo y el pan sobre la mesa, manteca, dulce de leche y notitas donde me recordaba lavarme bien los dientes y no abrirle la puerta a nadie.

A las doce del mediodía pasaba a buscarme mi tío Canela y me acompañaba a la escuela, donde almorzaba y pasaba la tarde. A la salida, me retiraba mi tía Rosa. Mi querida, huesuda y fiel tía Rosa Ramona.

Frente al garaje que alquilaba mi mamá, vivía un *enfant terrible*, el Enano, que tendría unos nueve años. Se decía que había empujado a otro niño al canal crecido. La infancia del barrio no conocía los ríos. Nos bañábamos en ese canal de aguas turbias que refrescaba nuestra pobreza. Era agua mansa y barrosa, pero cuando había lluvias crecía peligrosamente, amenazando al ranchería a sus orillas. A veces, las familias se amontonaban a mirar el espectáculo del agua espumosa y brava que pasaba llevándose algún animal distraído, una cocina, un mueble o una bicicleta. Dicen que en una de esas crecidas, mi vecinito, en medio de una pelea, empujó a un niño desde la orilla. También cuentan que la madre de la criatura ahogada se arrojó vestida para salvarlo y tuvieron que sacarla del agua entre varios hombres y revivirla para darle la noticia de que su hijo había muerto.

Desde ese día, el Enano quedó marcado en el barrio y no había mujer que no le advirtiera a su prole que jugar con él estaba prohibido. Mi mamá no fue la excepción. Nunca se supo si fue un accidente o fue adrede. Pero mis primas aseguraban haberlo visto todo. Los niños se pelearon y el Enano empujó a su enemigo al canal crecido.

Cuando mi mamá no estaba y se me acababa el entretenimiento, recuerdo espiar por la cerradura de la puerta de calle los juegos solitarios de mi vecino y, a pesar de saberlo, de entender que estaba prohibido, que no podía acercarme a él, cuando lo veía sentía un calor de infierno que me trepaba desde la planta del pie hasta la frente. Un deseo muy vergonzoso y desesperado, culposo, porque había prometido portarme bien.

Yo quería un secreto que quemara de solo llevarlo encima.

Yo gozaba en el barrio y en la escuela de mi propia reputación, y estaba prohibido como compañero de juegos porque era maricón y las madres temían que les pegara la sodomía a sus hijos. Yo jugaba a solas, como el Enano. Dos infancias miserables y una calle de distancia hicieron el resto. No recuerdo cómo fue que entró al garaje por la mañana y tampoco recuerdo cómo fue que terminamos jugando al papá y la mamá, al doctor y la paciente, pero sí recuerdo que el niño asesino fue guiándome en esa exploración con una sabiduría inusitada para su edad. Nunca dejó de ser un juego. Pero yo sabía, a los seis años, que todo eso que yo hacía merecía los azotes de mi papá y las lágrimas de mi mamá. Hice mi propio secreto. Mentí, escamoteé información, me escurrí entre las reglas y me di besos con el más peligroso de la cuadra.

Durante el tiempo que vivimos en ese garaje, cada mañana que se pudo escabullir sin que nadie lo viera, el Enano vino a mí y nos dimos nuestros primeros besos y nos manoseamos por encima de la ropa. Cada día íbamos un poco más lejos. Una vez llenó mi boca con su lengua y sentí que contra mi paladar corcoveaba un pez oscuro como los que nadaban en el canal. Otra vez tomó mi manita morocha y amanerada y la metió dentro de su short. Y yo la aparté con terror y grité que eso estaba vivo, que estaba caliente y latía. Y cada minuto que pasaba con él, lo sentía cruzar límites y arrinconarme cada vez más contra una pared de la que no quería despegarme. La visión de su pito renegrido y duro, él untándoselo de dulce de leche para que yo lo besara, sus ojos criminales mirándome desde la cima de su poder, el caballo desbocado dentro del cuerpo, la cabeza a punto de estallar de tantos latidos y las orejas quemantes, todo eso formó parte de la traición a mi madre, que mientras yo jugaba a ser la esposa del asesino, se rompía la espalda en esas mansiones ajenas.

Nos mudamos al campo antes de terminar el año y solo lo veía cuando regresábamos a pasar las fiestas en casa de mi bisabuela.

Ya adulto, comenzó a vender cocaína y estuvo preso en dos o tres ocasiones por robo a mano armada. A veces, en esas visitas a la casa de mis bisabuelos, lo veía sentarse por horas en la verja de su casa y quedarse ahí, mirándome, hasta que se aburría de esperar y abandonaba. Cuando el gusano echó alas y me convertí en mariposa, creo que le gusté más todavía, y en un par de ocasiones me siguió hasta la parada del colectivo.

El Enano era hijo del matrimonio entre Luisa y el Turco. Sus padres habían matado a mi abuela Chicha. El Turco le exigió un aborto porque no quería tener más hijos con ella. La que había practicado el aborto con un palito de perejil había sido Luisa, que era amante del Turco. Mi abuela murió a los dos días de una infección que la pudrió por dentro.

Tal vez éramos inocentes, porque éramos dos criaturas. Tal vez éramos solo dos niños ejerciendo el derecho al erotismo. Tal vez la vida seguía haciéndose a pesar de la muerte de mi abuela y de la muerte del niño que se había ahogado en el canal. No podía saber todos los pormenores que los adultos metían bajo las alfombras baratas con que cubrían el estucado de sus pisos.

Es impecable la minuciosa labor de la culpa: no dejo de pensar que mientras mi mamá andaba fregando pisos en caserones que nunca serían suyos, yo me manoseaba con el hijo de aquellos que la habían dejado huérfana.

Por la noche unas uñas duras rascaron la puerta de mis secretos y mancillaron la estría de la madera. Los vivos contra los muertos. Dejé marcas como esas en la puerta de otros corazones. Alguien era el dueño de la garra, alguien quería saber un secreto que estaba a la vista como los sombreros, como mi clase derrotada. Querían saber dónde estaba la responsable de mis palabras. Querían clavarme una espada que atravesara la enfermedad que derramo en los libros. Pero la semilla dentro mío busca la espada, adora que atraviesen la esponja de su carne, el caramelo hirviendo con que cuece su propio mundo. No era necesario dañar la puerta custodia. Pueden buscarlo a él. Él sabe dónde están las oficinas, en qué sótanos las máquinas hacen las palabras. Lo sabe porque estuvo dentro. Por qué no le preguntan a él que escupió dentro de mi boca, que se ocupó de hablar con los centinelas y convencerlos con la coquetería de sus ojos. Él sabe que hay un lugar dentro mío capaz de emociones menos arrabaleras. Cuando hay cortocircuito, por ejemplo, él sabe que toda batalla final sucede dentro de la palabra. Tenemos este castigo. Por qué no le preguntan a él cómo es, qué clase de aceite lubrica los pies del visitante.

Me envía una fotografía suya fumando un porro sin filtro. En veinte segundos pinta un paisaje. Y yo veo una demolición. Hace poco en China demolieron cinco o seis rascacielos que no se habían terminado de construir. Un dron filmó toda la escena. Parecía que se los comía la tierra. El polvo que levantaba el banquete recordaba que todos somos un mordisco, nada más que un bocadito para Dios.

Lo que llega con este pájaro mensajero es un grito que solo da ganas de morirse. Del otro lado del mundo, Sandro es carne para las hienas. Cuando no queda nada por comer, el amor se come a sí mismo.

¿Parir la noche? ¿Traer criaturas al mundo? No. La única vida que puedo gestar es la de mi erotismo. Un animal radiante, violento y solo.

Largas noches ocupamos nuestras manos y nuestras bocas en aprender que el cuerpo del otro es siempre nuevo, territorio virgen, que nunca es un cuerpo del que se sepa algo. Y él lo demostró bien, cada día lo hizo mejor. Entró a mi cuarto de pensión, siendo los dos muy jóvenes, tan recientes en todo, que parecía mentira que una historia de amor se prolongara por tantos años. Me vio cambiar, embellecer, engordar, cortarme el flequillo sola. Me vio afearme, educarme y decepcionarme de todo. Me vio pobre como una rata, con hambre, sin paz. Me acompañó en el cambio, en el triunfo, mi pobre triunfo pasajero, como dice el tango. Y estuvo conmigo recientemente, cuando la vida se puso interesante y volví a saberme hermosa.

A veces se perfumaba, dejando amarga la piel de su cuello. Yo lo amaba por eso. ¿Qué ejemplar de farsante sería si dijera que no amaba eso de él? Me calentaba su brutalidad para opinar sobre asuntos demasiado espinosos, el movimiento con que sintetizaba cualquier imprevisto, cualquier fuga. La noche entre sus brazos, oliendo el sándalo que había quedado de su sudor y el mío, el muro de piedras que era su pecho, su espalda, y el perfil terriblemente joven que me brindaban algunas posiciones. Algunos de nuestros pasos de danza, la joya de nuestra privada ceremonia de apareamiento. Un poco avergonzados el uno del otro, él porque soy travesti, yo porque él es machista. Pero no hay nada más familiar que la vergüenza. Una comedia tan común la que montamos alrededor de un vínculo tan fresco, tan urgente, como la tarde de nuestros cuerpos abiertos de par en par, una brecha de tribus, de procedencias muy distintas, donde inventamos nuestro contrato.

No necesitábamos un noviazgo, ni excusas para vernos o para dejar de vernos, no queríamos hijos ni andar cruzando familias para que se conocieran. Podíamos vivir nuestro amor de la manera más sencilla: alguien se encargaba del alcohol, alguien de la comida. Acordábamos la hora. Y él, bendito, era siempre puntual.

Escucho el rumor de un apocalipsis anémico, que no tiene la suficiente fuerza para detonar la bomba. Necesito inventarme un peligro. Es necesario extender la mano a un amante imaginario.

¿Cómo iba a imaginarme yo que era la última vez? ¿Cómo podía sospechar que esa tarde sería el último fotograma de una película pornográfica elegante? Raída en el punto exacto para confirmar que en nuestros cuerpos hubo una vida. No somos más la especie joven y hermosa que supimos ser, ni él ni yo, y de alguna manera invisible nuestros cuerpos dan una señal, como un barco intentando aproximarse a la orilla, como un faro que lo orienta. Le digo, emitiendo una luz muy clara como una radiación, que estoy rota en determinados lugares, que no se acerque aquí o allá, y él, de manera inmediata, me lee con elegancia.

Cuando un sentimiento es tan intenso es probable que sea un sentimiento equivocado, o algo por el estilo, dice Marguerite Duras en *Los caballitos de Tarquinia.*

Los sentimientos siempre han estado equivocados. Y aquí me tienen, viviendo como una reina en el error.

Él se pasea en bóxers mientras responde mails de trabajo y reniega y reniega como si estuviera resolviendo el mundo. Anoche estaba molesto, habló de puras matemáticas y durante el sexo varias veces se distrajo mirando el mar que casi amenazaba con entrar por los balcones.

Una complicidad. Poder cometer un crimen.

Estar con él es como revolcarse en la playa. El pecho y el pubis ásperos, la sal de su ingle, la violencia de cada embestida como una ola de músculos. Desprecia el desorden, lo que no se gana con esfuerzo.

Yo soy la cosa más fácil que obtuvo en su vida.

Una joya imposible de restaurar.

"Volvemos al departamento. Somos amantes. No podemos dejar de amarnos", dice Marguerite Duras en *El amante*.

No podemos dejar de querernos. No sé estar sin su cuerpo. Lo deseo aun estando separados y me encuentro recordando la fórmula que se quebró, el fallo en el dispositivo con que se interrumpió nuestra gran vida sexual. Un poema, el sexo con él. Era la única cosa que nos salía bien. Por lo general, estando borrachos era cuando mejor nos iba. Recuerdo la textura de sus piernas, las piernas más bonitas que estrangularon mi talle. Nos conocíamos de tal modo que continuábamos haciendo el amor incluso sin vernos, incluso en las muchas cuarentenas que le impuse cuando me dieron ganas de romperlo todo. Este punto es importante: se es amante del otro incluso mucho después de que la historia termina. El cuerpo sigue haciendo, macerando, cocinando, hirviendo los detalles del amor, aunque no esté. Aunque haya terminado para siempre.

Me enamoré y conviví solo con hombres nacidos bajo el signo de Virgo.

Me gustan. Han llegado a traspasar el muro de piedras con que mantengo a raya el amor. Los virginianos tienen virtudes deliciosas. El modo en que honran el método, la distancia que ponen a los sentimientos, el rigor con que practican sus disciplinas.

Una amiga astróloga, leyendo mi carta astral, concluye que este lazo con los hombres de Virgo es porque mi Venus está en Capricornio. Y que eso puede haberme influenciado para convertirme en una profesional en el amor: una puta.

Soy precisa. Sé dónde tocar, dónde lamer, sé todos los pormenores de un encuentro amatorio. Una geisha comechingona.

Y sé algo más: es necesario darles alcohol. Servir alcohol, hacer que naden en alcohol.

Una vez que el whisky entra en sus bocas, ya no pueden obligarme a partir. Soy yo la que los abandona. Aun amándolos.

Las golpizas de su padre liberaban un exceso de erotismo venenoso y dañino que marcaba la piel de la niña. “Me duele más a mí que a vos pegarte”, decía su padre. En los recreos, los alumnos se confesaban esta coincidencia. Todos los padres decían lo mismo. Para la niña significaba algo aceitoso y prohibido. Los hombres dañaban lo que consideraban suyo. Convertían el cuerpo de sus hijas en un vector, un instrumento de descarga.

Las hijas pagaron los celos, la rabia y la frustración de sus padres con sus cuerpos.

Pero cuando recobran su soledad, las niñas rompen la familia.

Solo hay que abandonar. No permanecer donde el cuerpo es garante del goce ajeno.

El lenguaje es un disfraz, posiblemente el primer disfraz.

Usamos el lenguaje como un vestido, como un uniforme, como un artificio de hojas y ramas para camuflarnos en el paisaje de los hombres.

Es la sombra iridiscente que oscurece el párpado, el brillo sobre el labio que sugiere la saliva lubricando al amante.

Uso el lenguaje para acostarme con los hombres. Con las palabras llego al torrente íntimo y rubí de la sangre de los hombres. Trepo las colinas del silencio para llegar al centro de la pasión y someterlos a mi maldad.

Soy una profesional en el amor.

Digo lo que quieren escuchar, callo lo que aborrecen, insisto en lo que pasa desapercibido, en lo que desoyen y activa lo tenebroso de su sexualidad.

Pasifae enloqueció por el hijo de Poseidón. Un toro blanco que nació de la espuma del mar. Para coger con él, pidió a su sirviente, Dédalos, un disfraz. Una máquina que luciera como una vaca, en la que ella cupiera con las ancas expuestas a la pija enorme y albina de su objeto de amor.

Los machos se dejan engañar muy fácil. Es un acuerdo antiguo. Una palabrita aquí, otra palabrita allá. La piel de una vaca, el cráneo vacío de una vaca.

Los amantes acordaron el engaño, prometieron fidelidad a la mentira. Creyeron en lo atávico del lenguaje, honraron el camuflaje, aceptaron que el deseo es una voluta de humo.

El toro blanco compra la mentira, cree en la máquina de Dédalos, el fiel sirviente. Cree en esa vaca que tiene, en la cola, una pequeña ventana que se abre a la fiesta de los placeres. Penetra a Pasifae, disfrazada de vaca dentro de una caja, y la preña.

De este contrato, nace el Minotauro, que luego morirá a manos de Teseo.

Mi máquina de Dédalos fue haber aprendido este lenguaje soso. Las palabras sin perfume, la frugalidad sintáctica de la conversación con la que se conforman los hombres. Mi hijo, el nieto de Poseidón, es este libro.

El hilo de Ariadna no es más que el susurro de nuestras madres imponiendo su lengua. No quieren que seamos devoradas por la bestia, nos necesitan fuera del laberinto.

El lenguaje es el caballo de Troya con el que sujetan la ferocidad del corazón.